Carl Holle

Die Prometheussage mit besonderer Berücksichtigung ihrer Bearbeitung durch Aeschylos

Antigonos

Carl Holle

Die Prometheussage mit besonderer Berücksichtigung ihrer Bearbeitung durch Aeschylos

Unveränderter Nachdruck der Originalausgabe von 1879.

1. Auflage 2024 | ISBN: 978-3-38670-373-4

Antigonos Verlag ist ein Imprint der Outlook Verlagsgesellschaft mbH.

Verlag: Outlook Verlag GmbH, Zeilweg 44, 60439 Frankfurt, Deutschland
Vertretungsberechtigt: E. Roepke, Zeilweg 44, 60439 Frankfurt, Deutschland
Druck: Libri Plureos GmbH, Friedensallee 273, 22763 Hamburg, Deutschland

Sammlung

gemeinverständlicher

wissenschaftlicher Vorträge,

herausgegeben von

Rud. Virchow und **Fr. von Holtzendorff.**

XIV. Serie.

(Heft 313—336 umfassend.)

Heft 321.

Die Prometheussage

mit besonderer Berücksichtigung ihrer Bearbeitung durch Aeschylos.

Von

Carl Holle.

Berlin SW. 1879.

Verlag von Carl Habel.

(C. G. Lüderitz'sche Verlagsbuchhandlung).

33 Wilhelm-Straße 33.

Die Jury der „Internationalen Ausstellung von Gegenständen für den häuslichen und gewerblichen Bedarf zu Amsterdam 1869" hat diesen Vorträgen die
Goldene Medaille
zuerkannt.

Sammlung gemeinverständlicher
wissenschaftlicher Vorträge,

herausgegeben von

Rud. Virchow und Fr. v. Holtzendorff.

Serie XIV., Jahrgang 1879. — Heft 313—336 umfassend.
Im Abonnement jedes Heft nur 50 Pfennige.

In diesem neuen Jahrgange sind bereits erschienen:

Heft 313/14. **Kluckhohn**, Blücher.

315/16. **Pagenstecher**, Ueber die Thiere der Tiefsee.

317. **v. Holtzendorff**, John Howard und die Pestsperre gegen Ende des achtzehnten Jahrhunderts.

318. **Ranke**, Anfänge der Kunst. Anthropologische Beiträge zur Geschichte des Ornaments.

319. **Kaiser**, Kaulbach's Bilderkreis der Weltgeschichte.

320. **Reeß**, Ueber die Natur der Flechten. Mit 10 in den Text gedruckten Holzschnitten.

321. **Holle**, Die Prometheussage mit besonderer Berücksichtigung ihrer Bearbeitung durch Aeschylos.

322. **Semper**, Ueber die Aufgabe der modernen Thiergeographie.

Ferner werden in demselben nach und nach, vorbehaltlich etwaiger Abänderung im Einzelnen, veröffentlicht werden:

Winckler, Die Krönung Karls des Großen zum Römischen Kaiser.

vom Rath, Ueber das Gold.

Froboese, Gottfried von Bouillon.

Bресgen, Das menschliche Stimm- und Sprachorgan. Mit Holzschnitten.

Bursian, Das Orakel von Dodona.

Osthoff, Das physiologische und das psychologische Moment in der sprachlichen Formenbildung.

Schasler, Das Wesen der Ironie.

Malmstén, Linné.

Mehlis, Der Rhein und der Strom der Cultur in der Neuzeit.

Stricker, Geschichte der Menagerien und der zoologischen Gärten.

Remenyi, Die Presse der französischen Revolutionszeit.

Bollinger, Thierische Parasiten im menschlichen Körper.

Kleefeld, Halbedelsteine.

Virchow, Ueber Städtereinigung.

Die Prometheussage

mit besonderer Berücksichtigung

ihrer Bearbeitung durch Aeschylos.

Vortrag, gehalten im wissenschaftlichen Vereine zu Schwerin
am 15. December 1877

von

Carl Holle,

Gymnasialdirektor in Waren.

Berlin SW. 1879.

Verlag von Carl Habel.

(C. G. Lüderitz'sche Verlagsbuchhandlung.)

33. Wilhelm-Straße 33.

Der rühmlichst bekannte Verfasser der Englischen Geschichte der
Griechen, Grote, sagt im 1. Bande seines unvergleichlichen Werkes:
„Die meisten, wenn nicht alle Nationen haben Mythen gehabt,
aber keine Nation, ausgenommen die Griechen, haben ihnen
unsterblichen Reiz und allgemeines Interesse mitgetheilt." Den Grund
davon haben wir in der eigenthümlich mythischen und poetischen
Anlage des Griechenvolks zu suchen. In keiner Mythologie,
sagt Welcker in seiner Götterlehre, von der Poesie verschiedener
Zeitalter finden wir die ursprünglichen Anschauungen der Götter,
Heroen und Menschenwelt so gediegen und stilgerecht, so kräftig
und zart zugleich, so plastisch und klar an's Licht gestellt und
doch so voll Geheimniß und in der Tiefe schlummernden Gefühls,
so selbständig geschaffen, so harmonisch und bis zur voll-
kommensten Schönheit fortgebildet, zugleich so verständlich und
treffend umgebildet von genialer und oft der muthwilligst über-
sprudelnden Laune, wie bei den Griechen. Es war in der
That ein großes Werk und nicht nur das müßige Schaffen
phantastischer Poeten, das große Lebenswerk eines so reich be-
gabten Volkes, wie es die Hellenen waren, in festgehaltener
Anschauung durch alle Wechsel der Zeiten hindurch die aus einer
Idee hervorgesprungenen treffenden Grundzüge eines jeden per-
sönlichen Göttercharakters, sowohl nach der Seite der Menschenwelt als nach der der Natur hin, so streng und stetig zu wahren
und zugleich doch zu immer lebensvollerem Ausdruck und festerem
Ineinandergreifen aller Züge auszubilden und mit sprechenden

Beziehungen zu bereichern. Es gehörte dazu großer Ernst, der die Willkür tändelnder Phantasie fern hält, und doch wieder daneben eine eigenthümliche Anlage für Form, Schönheit und Grazie, die der Phantasie als Helferin nicht entbehren können. So konnte es auch nur geschehen, daß der Glaube an die Götter, die wunderbare Illusion ihrer Realität nicht blos Jahrhunderte lang aufrecht erhalten wurde, sondern einen so hohen Aufschwung nahm, daß alle Zweige menschlicher Cultur, die zu ihm in Beziehung standen, eine Höhe der Vollendung erreichten, die uns noch jetzt mit staunender Bewunderung an ihren nie erreichten Werken emporblicken läßt.

Und alles im Leben der Hellenen, alles, was ihr Genius schuf, hing auf's engste mit ihrem Cultus, mit ihrer Religion zusammen. Nur durch ihre Verbindung mit den heiligsten Mythen ist ihre gestaltenreiche Poesie im Volke zu dem großen Ansehen gelangt, das die Dichter immer auf's neue zu ihren unsterblichen Werken begeisterte. Vieles selbst, was uns nicht mehr mythisch in den antiken Dichtungen erscheint, sondern rein poetisch, hatte für die Hellenen lebendige Wesenheit; sie waren gewöhnt, von den freundlichen, holden Schöpfungen ihrer Phantasie überall im Leben unsichtbar umgeben zu sein. Darum hatte auch die Poesie über sie eine unendliche Gewalt, eine größere, als über andere Völker. So konnte in ihrer Mitte ein Homer erstehen, über den der stolze Ausspruch gethan ist:

„Lange sann die Natur und als sie geschaffen,
Ruhete sie und sprach: Einen Homeros der Welt!"

So nur waren es auch die Hellenen, in deren Schoße die tragische Poesie ihre ersten herrlichen Keime entfaltete und jene großen Dichter hervorbrachte, die noch stets als Muster der dramatischen Kunst gelten. Nennt sich doch Aeschylos selbst einen Zögling der Demeter. Sind auch die bauenden und bildenden

Künste von äußeren Umständen abhängiger als alle Kunst der
Rede und Dichtung, als alle Fortschritte der Wissenschaft, auf
die der Staat ja nur mittelbar einwirken konnte, und bedürfen
sie, um etwas Großes zu Stande zu bringen, solcher Mittel, wie
sie nur der Staat gewähren kann, und zwar ein Staat, so
blühend und reich, wie Athen in seiner lebensvollsten Epoche,
so sind doch gerade sie so innig in allen ihren Werken mit der
Mythologie und dem Cultus verwachsen, daß sie ohne ihr undenkbar
sind. Woher haben alle jene Künstler zu ihren Schöpfungen
ihre Gestalten genommen, woher anders als aus dem Reiche der
schönen Götterwelt? Und woher stammen jene Marmortempel,
zu denen in heiliger Anbetung die Griechen aus allen Gauen
wallfahrteten, und deren Trümmer noch mit ihren schlanken
Säulen und bilderreichen Giebeln jedes Auge entzücken, woher
als aus dem Cultus der Götter und Heroen, deren Glaube
Volk und Künstler beseelte? Jene herrlichen Göttergestalten der
Hellenen, wie sie Jahrtausende in ewiger Jugend gelebt haben,
sind uns noch jetzt das Maß alles Schönen und Anmuthigen.
Und weiter sagen wir wohl nicht zu viel, wenn wir behaupten,
daß der Mythologie auch alle jene ernsten Gedanken über das
Göttliche, das Rechte, das Edle und Weise und alle jene tieferen
Empfindungen ihren Ursprung verdanken, die ohne ein priester-
liches Gewand mit priesterlichen Worten und Bildern in der
griechischen Philosophie hervortreten.

Doch es würde uns zu weit von dem, was wir beabsichtigen,
ablenken, wollten wir noch weiter in die Geheimnisse des
griechischen Mythos und seines unzertrennbaren Zusammenhangs
mit dem ganzen Leben und Dichten des Hellenenvolks einzu-
dringen suchen. Jene Mythen an und für sich haben im Laufe
der Zeiten noch keineswegs ihre Bedeutung und Kraft verloren
und üben nicht nur auf den gelehrten Forscher, der sich ein-

gehender mit ihnen beschäftigt und in die vielen Gestalten und
und Bilder wieder einen lebensvollen Zusammenhang zu bringen
sucht, sondern auf jeden, dessen Sinn nicht ganz am Leben und
Getriebe der Gegenwart und des Tageslärms hängt, einen
unendlichen Reiz aus. Wie wir als Kinder still und schauernd
den Mährchen der Heimath lauschten, die uns die Mutter am
Kamin in den Dämmerstunden nicht oft genug erzählen konnte,
so leihen wir jetzt gern jenen großen Sagen unser Ohr, die
ganze Völker bewegten und in ihrer tiefen Bedeutung und
Wahrheit bis auf unsere Zeit herabreichen. Das ist ja eben das
Große und Bedeutungsvolle des Mythos, wie ihn ein ganzes
Volk geschaffen, daß seine prophetische Wahrheit weiter reicht, als
dem Bewußtsein des Schaffenden selbst offenbar ist. Der Mythen-
schöpfung liegt eine über das Bewußtsein hinausgehende Ahnung
zu Grunde, welche im verschlossenen Kelche trägt, was günstige
Sonnenblicke allmählich mehr und mehr entfalten. Es liegt
ferner in der Natur des Mythos, der ja eben der Ausdruck
einer religiösen Idee ist, daß er, wie alles Symbolische, ver-
schiedenen Lebensbedürfnissen genügt, so fern sie aus demselben
Keim hervorgehen, daß er verschiedene Auffassungen zuläßt, welche,
ohne zu einer Einheit zu verschmelzen, sich doch nicht gegenseitig
ausschließen, von denen keine ihn ganz erschöpft, indem für
andere Individualitäten die Möglichkeit offen bleiben muß, an
derselben Quelle mit gleicher Befriedigung zu schöpfen. Daher
ist's denn auch möglich, daß selbst über den Gesichtskreis des
Alterthums hinaus die Tragweite eines alten Mythos reichen
kann, weil schließlich in letzter Instanz doch alles Religiöse auf
denselben Grundideen und Grundbedürfnissen ruht, die einer
Entwickelung fähig sind, welche die Grenzen eines durch wesent-
liche Eigenthümlichkeiten von anderen geschiedenen Religions-
gebiets überschreitet.

(294)

Alles Gesagte gilt von keinem uns aus dem griechischen Alterthum hinterlassenen Mythos mehr als von der Prometheussage,
deren Bedeutung und Behandlung durch den größten Tragiker
der Hellenen, Aeschylos, in diesen Zeilen vorzuführen mir
vergönnt sein mag. Mir ist die Schwierigkeit der Aufgabe
wohl bewußt, und ich bitte im voraus um gütige Nachsicht,
wenn ich in dem engen Rahmen das nicht erschöpfend behandeln kann, woran Gelehrte Jahre des Lebens gearbeitet
haben.

Bevor ich den Inhalt der Aeschyleischen Tragödie vor-
führe, will ich uns in kurzen Zügen die Sage selbst, wie
sie uns von Hesiod und anderen Schriftstellern erzählt ist, in's
Gedächtniß zurückrufen. Wir müssen zurückgehen auf die Ent-
stehungsgeschichte der Welt und der Götter überhaupt, wie
sie Hesiod, der böotische Sänger, in seiner Theogonie uns liefert.
Nach ihm entstand im Anfang das Chaos, ein leerer, unermeß-
licher Raum, darauf Gaia, die Erde, Tartaros, der Abgrund
unter der Erde, und Eros, die alles verbindende Liebe. Gaia
brachte Uranos, den Himmel, die Gebirge und Pontos, das
Meer hervor, und mit Uranos verbunden, die Titanen, deren
jüngster Kronos ist, die Cyklopen, jene wilden, einäugigen Unge-
heuer, und die Hekatoncheiren, hundertarmige, schreckliche Riesen.
Da jedoch Uranos, über die Furchtbarkeit seiner Kinder erschreckt,
sie in den Tartaros warf, daß sie nie an das Licht der Sonne
kämen, so beredete die zürnende Mutter den Kronos, seinen
Vater Uranos zu stürzen. Das gelang, und mit Kronos beginnt
die zweite Göttergeneration oder die Zeit, in der sich die neuent-
standenen Naturkräfte und Gewalten in Ruhe ausbreiteten und
entfalteten. Doch auch Kronos, unter dem die Menschen ihr
goldenes Zeitalter hatten, vermochte der Aufgabe der Weltregierung nicht voll zu genügen.

Ihm hatte die Titanin Rheia mehrere Kinder geboren, die der Vater sofort nach ihrer Geburt, um von ihnen nicht seiner Herrschaft beraubt zu werden, verschlungen hatte. Nur Zeus wurde von der Mutter, die dem Kronos dafür einen in Windeln gewickelten Stein gereicht hatte, gerettet. Als er im Verborgenen auf Kreta herangewachsen war, unternahm er gegen den Vater jenen großartigen Krieg, bei dem die ganze Götterwelt sich in zwei Parteien spaltete: zum Zeus standen jedoch die meisten und besten der Götter, alle höheren Himmelsgewalten, zum Kronos die wilden Titanen. Nur Prometheus, der von seiner weiß=sagenden Mutter, der Titanin Themis, den Ausgang des Kampfes erfahren, schied sich von seinen Brüdern, ging zum Zeus über und stand ihm mit seinem klugen Rathe zur Seite. Der furcht=bare Streit schwankte lange hin und her, bis Zeus zu seiner Hülfe die im Tartaros gefesselten Cyklopen, die ihm gewaltige Waffen, den Donner und Blitz, brachten, und die Hekatoncheiren an's Licht zog. Nun wurden von den Bergen Olympos und Othrys Felsen herüber und hinüber geschleudert, und Zeus fuhr mit dem krachenden Blitzstrahl unter die Titanen, daß Himmel und Erde erschrecklich erbebten, und Land und Wald rings in Feuer aufloderten. Endlich errang er den Sieg; die Titanen werden in die Finsterniß des Tartaros hinabgeschleudert, und es beginnt das dritte Zeitalter, in welchem nicht mehr die rohen, ungebändigten Naturmächte herrschen, sondern Ordnung und Gesetz walten und Erde und Himmel sich erneuen sollen.

Darum vertheilt Zeus zuerst unter das Geschlecht der olympischen Götter die Aemter der Weltregierung, für sich selbst behält er das Königthum über alle, da er den Kampf durch seine Leitung gewonnen. Wie sah es aber mit den Menschen aus? Und welche Stellung nehmen die neuen Götter zu ihnen ein?

Die Sagen von der Entstehung des Menschengeschlechts waren in Hellas verschieden; die verbreitetste nennt sie wie die Götter Söhne der Mutter Erde und läßt Götter und Menschen anfangs in seliger Gemeinschaft mit einander leben. Das war das uns von Hesiod und nach ihm auch von späteren Dichtern mit Vorliebe geschilderte goldene Zeitalter, eine Zeit ungetrübten Glückes, ewiger Liebe und ewigen Lichts. Die Menschen waren da frei von allen Sorgen, von Kummer und Mühsal, sie lebten in einem Paradiese blühender Jugend und lachender Heiterkeit. Die Erde gab ihnen mühelos und reichlich alle Güter und Gaben; sie waren reich an Herden, lieb den Göttern, und ewiger Friede waltete unter ihnen. Der Tod kam ihnen wie ein sanfter Schlummer, und deckte sie die Erde, so wurden sie zu guten Genien, die unsichtbar ihre Brüder umschwebten und schützten. Doch die Menschheit verschlechterte sich von Stufe zu Stufe und fiel am Ende in jenen traurig-unglückseligen Zustand, in dem Prometheus sie antraf, als Zeus den Thron der Götter einnahm. Sehend sahen sie umsonst, hörend hörten sie nicht, Traumgestalten gleich fristeten sie kümmerlich ein langes, banges Dasein. Sie kannten nicht die Kunst sich aus Stein oder Holz Wohnungen zu schaffen; in dunklen Höhlen wohnten sie unter der Erde, nicht vom Strahle der Sonne erwärmt, beweglichen Ameisen vergleichbar. Kein sicheres Zeichen hatten sie für den kalten Winter, für den blühenden Frühling und den früchtereichen Herbst; ohne Sinn und Plan trieben sie alles, ein Tag verging ihnen zwecklos wie der andere. Da erbarmte sich Prometheus des gesunkenen Geschlechts. Er lehrte sie den Auf- und Niedergang der Gestirne und erfand ihnen Zahl und Schrift. Die Thiere spannte er zuerst in's Joch, daß sie der Menschen Arbeiten verrichteten, und führte ihnen am Zügel das Roß zu, den Schmuck des stolzen Reichthums. Auf dem Meere lehrte er sie Ruder und Segel gebrauchen; er zeigte ihnen die Mischung milder Heilmittel, daß sie nicht mehr in ihrem Elend dahinfiechten und deutete ihnen Vorzeichen und Träume, den Flug der Vögel und die Eingeweide der Opferthiere. In der Erde aber deckte er ihnen die unendlichen Schätze von Erz, Eisen. Silber und Gold auf; kurz alle Künste empfingen sie von ihm, und in allen Bequemlichkeiten des Lebens war er ihr Lehrmeister.

So fand Zeus das Geschlecht der Menschen als ein Product des Prometheus vor. Zuerst wollte er es als zu gefährlich ganz vernichten; doch da sich seiner der alte Freund von neuem annahm, ließ sich der Götterkönig bewegen, forderte jedoch für den Schutz, den er ihnen angedeihen lassen wolle, die Verehrung aller olympischen Götter. Man kam wie zu einem Gerichtstage in Mekone zusammen, um feierlich über die gegenseitigen Pflichten und Rechte zu verhandeln. Prometheus trat als Anwalt der Menschen auf; doch seine allzugroße Menschenliebe und kluge List, wie auch der alte Titanengroll gegen die neuen Götter verleiteten ihn, den Zeus zu betrügen. Zum ersten Opfer schlachtete er einen Stier, barg das Fleisch und die Eingeweide in die Haut, auf die er den Magen, das schlechteste Stück, legte, die größere Knochenmasse aber umhüllte er mit weißem Fett. Obgleich der allwissende Zeus den Betrug durchschaute und bitter im Herzen grollte, wählte er doch die Knochen; aber um sich zu rächen, entzog er den Menschen das Feuer, diese letzte Bedingung aller menschlichen Cultur im weitesten Umfange. Doch Prometheus, den seine Klugheit nie im Stich ließ, entwandte die offen den Menschen vorenthaltene Gabe heimlich in einer Ferulstaude vom Olympos und brachte sie triumphirend den Sterblichen. Zeus Zorn war groß, als er die ersten Flammen in den Wohnungen der Menschen leuchten sah, und sein Entschluß stand fest, ihnen in's Haus ein unvertilgbares Uebel zu senden, an dem sie noch dazu ihre Lust haben sollten. Sein Sohn, der kunstreiche Hephaistos, bildete aus Erde ein Menschenbild, dem er Stimme und Kraft der anderen Menschen verlieh, Wuchs aber und Antlitz glichen dem Bilde der unsterblichen Göttinnen. Athena unterwies die holde Jungfrau zu allerlei kunstreichen Werken, Aphrodite schmückte ihr schönes Haupt mit unwiderstehlicher Anmuth und lieh ihrem schmachtenden Auge jenen feuchten Glanz, der ihr selber eigen war, Hermes aber legte in ihre Brust schmeichelnde Demuth und ein verschlagenes Gemüth. Chariten und Horen umgürteten sie mit funkelndem Geschmeide und duftigen Kränzen, so daß es eine Lust für Götter und Menschen war, sie anzuschauen, und die Götter nannten sie als die von allen Beschenkte Pandora. In schimmernden Gewändern kam diese griechische Eva auf die Erde in's Haus des Epimetheus, des nachbedächtigen, überbegehrlichen Bruders des Prometheus. Dieser hatte vergebens den Bruder gewarnt, vom Zeus eine Gabe anzunehmen; Epimetheus merkte aber das Unglück erst, als es da und zu spät war. Er nahm die liebliche Jungfrau gastlich auf; sobald sie aber in seinem Hause war, schlug sie vom Fasse, das sie mit sich trug, den Deckel zurück, und heraus flatterten alle Sorgen und Uebel, die sich rasch nun über Land und Meer ausbreiteten und den Menschen seitdem quälen, daß er ihnen nicht mehr entgehen kann: Krankheiten irren bei Nacht und Tag umher, heimlich und schweigend, böse Fieber schleichen über die Erde, der Tod beflügelt seinen Schritt. Und selbst das einzige im Fasse verborgene Gut, die Hoffnung, die im Leiden tröstet und dem thränenden Auge der Zukunft glückliche Bilder vorhält, selbst sie blieb, als Pandora den Deckel rasch wieder zuschlug, am Rande hängen und wurde den armen Sterblichen nicht voll zu Theil.

Den Prometheus aber hieß Zeus durch Hephaistos in der einsamsten Gegend des Kaukasos an einen Felsen schmieden und ihm durch seinen Adler die immer neu wachsende Leber langsam aushacken. Erlöst sollte er erst dann werden, wenn jemand freiwillig für ihn den Tod erlitte. Als sein Befreier erschien Herakles; auf seinem Wege zu den Hesperiden, deren goldene Aepfel er holen wollte, kam er am Kaukasos vorüber, erlegte voll Erbarmens den Adler und stellte für Prometheus den Centauren Chiron, der für ihn den Tod erlitt. Prometheus aber kehrte als Berather und Prophet der Götter auf den Olymp zurück.

Man wird aus dem kurzen Abriß der Sage, den ich soeben gegeben, bereits erkannt haben, welche hohe Wichtigkeit sie in dem gesammten Mythenkreise des Griechenvolks einnimmt. Giebt sie doch eben die Antwort auf die Fragen, die der Mensch sich von jeher aufgeworfen hat, auf die Frage nach der Entstehung der Welt und der Menschen, nach dem Verhältniß der über alles waltenden Gottheit zu den Geschöpfen, nach dem Ursprung des Uebels und manchem anderen. Daher ist gerade diese Sage, in die sich so wirksam die Gestalt des Prometheus verflochten, auf's innigste mit der Grundidee der verschiedensten Religionen und selbst des Christenthums verwandt. So ist es denn auch gekommen, daß sie bis auf die neuesten Zeiten für Gelehrte wie für Dichter ihre Bedeutung bewahrt hat, und daß beide aus ihr die verschiedensten Deutungen zu schöpfen vermögen. Ich erinnere nur an Calderon, Byron, Shelley, Herder und Goethe; besonders an des letztern Klage des Prometheus:

„Bedecke deinen Himmel, Zeus, mit Wolkendunst, und übe dem Knaben gleich, der Disteln köpft, an Eichen Dich und Bergeshöhen. Mußt mir meine Erde doch lassen stehen und meine Hütte, die du nicht gebaut, und meinen Herd, um dessen Glut du mich beneidest."

Die Fragmente, die wir vom Goethe'schen Prometheus besitzen, gehören ja in den Kreis jener beiden nur im Faust ausgeführten Entwürfe, die sich das titanenhafte Streben und Ringen des Menschen zum Vorwurf machten, und an denen der Dichter von Jugend an mit besonderer Vorliebe gearbeitet; ebenso wenig wie der Prometheus ist der Mahomet und der ewige Jude zur Ausführung gekommen.

Doch wir besitzen, wie ich schon vorhin angedeutet, aus dem Alterthum eine dichterische Behandlung der Prometheussage, die leider verstümmelt, aber auch so noch großartig und unübertrefflich schön ist, und die nach ihrer ganzen Anlage dem Mythos eine überaus tiefe und eigenthümliche Deutung giebt, ich meine die Tragödie des Aeschylos, den man mit Recht den größten Dichter und Theologen der Hellenen genannt hat. Wie die andern tragischen Dichter, gestaltete auch er die Sage zu einer Trilogie, d. h. zu einem zusammenhängenden Ganzen von drei Tragödien, deren erste den Feuerraub, die zweite die Fesselung, die dritte die Befreiung des Prometheus darstellte. Nur die mittlere ist uns vollständig erhalten.

Die erste Scene versetzt uns sofort auf den Schauplatz des Dramas, in die scythische Wüste, an den Kaukasus voll schauerlicher Einsamkeit. Wilde kahle Felsen starren uns entgegen; keines Menschen Fuß scheint je diese Gegend betreten zu haben. Da erschallen Tritte, laute Rufe: vier Gestalten erscheinen, Prometheus von Hephaistos und seinen Dienern, Kratos und Bia geleitet. Sie kommen, den Götterfrevler an den steilsten und ödesten Felsen zu schmieden. Prometheus bleibt trotz aller Qualen, die er bei der Fesselung erdulden muß, ruhig; kein klagendes Wort, kein Schrei, kein Seufzer des Schmerzes entringt sich seiner gequälten Brust. Selbst der harte Gott der Schmiede wird von Mitleid bewegt: er jammert und verwünscht seine Kunst, Trost spendend redet er den Prometheus an. Doch der verharrt in finsterem Schweigen; durch keine Marter wird sein Trotz gebeugt; selbst im höchsten Weh will er diesen rohen Gestalten seinen Schmerz nicht zeigen; der Stolz in ihm beherrscht jedes andere Gefühl.

Erst als er allein ist, bricht wild der Sturm der Gefühle hervor. Aber das ist kein weibisches Jammern: nein, er ruft die ihn umgebende Natur zur Zeugin des Unrechts an, das er vom Götterkönige erdulden muß. Zwar sieht er ein, daß er das unvermeidliche Geschick nicht wenden kann, daß er sich in Geduld fügen muß, da die Gewalt der Noth unbezwingbar ist; doch schweigen kann er nicht: muß er doch diese Pein dafür erdulden, daß er den Menschen so freundlich geholfen und ihnen das Leben erst lebenswerth gemacht hat. So bewegt er sich zwischen wildem Trotz gegen Zeus und gedulbiger Fügung in das Geschick, dem nicht zu entrinnen ist.

Da naht sich ihm die Schaar der Meerestöchter. Noch niemand hat sein Leid gesehen; der Stolze, er kann es nicht ertragen, daß ihn jemand so schmählich dulden sieht; er wünscht sich in den tiefsten Tartaros, auf ewig gefesselt, nur daß kein Gott, kein Mensch ihn erblickt und seiner Schmach spottet. Als aber die Okeaniden thränenden Auges ihn beklagen und voll Mitleid ihren Unwillen über des Zeus' Ungerechtigkeit offen zu erkennen geben, da erwacht auch in Prometheus Brust wieder das alte Gefühl des Zorns. Furchtbare Worte schleubert er gegen den Götterkönig: „Noch habe auch ich ihn, den höheren, in meiner Gewalt; einst wird er noch meiner bedürfen. Aber ich rathe ihm nicht eher, als bis er mich befreit und für die Schmach, die er mir an= gethan, reichliche Sühne gezahlt hat." Er ist sich seiner Obmacht auch einmal ganz bewußt, und die Furcht der Meermädchen, er möchte noch mehr des Zeus unerbittlichen Sinn beleidigen und so nie ein Ende seines Unglücks finden, kann ihn nicht bewegen, seine Worte zu milbern; im Gegentheil, er fährt fort, den Zeus zu beschuldigen und zu prophezeien, einst würde er sich ihm noch weichherzig und reumüthig zeigen.

Ja, als die Okeaniden ihn endlich bitten, den Grund seiner Strafe zu erzählen, wirft er dem Zeus grausame Undankbarkeit vor; durch ihn nur sei er der Götter König. Als er aber fortfährt und berichtet, wie er den Menschen auf alle Weise geholfen, da erkennen die Jungfrauen doch auch sein Unrecht, und ihr Mitleid beginnt zu weichen; Prometheus aber wird gegen sie auch kalt, und im höchsten Stolze ruft er aus: „Mit Fleiß, mit Fleiß hab' ich gefehlt; ich leugn' es nicht." Doch im Gefühl des überwältigenden Schmerzes fügt er hinzu: „Doch solche Qualen hab' ich nicht verdient." Und im Bedürfniß frommer Theilnahme ruft er die schon forteilenden Jungfrauen wieder herbei, sein Leid zu vernehmen und mit ihm zu dulden. So gewinnt er sie, die einzigen Wesen in dieser furchtbaren Einöde, die ihm eine edle, herzliche Theilnahme erweisen.

Doch sie bleiben nicht allein bei Prometheus; Okeanos selber kommt, um dem Gefesselten seinen Schmerz zu zeigen. Nun glaubt er aber wieder alles Mitleids entbehren zu können; jedem gleichgestellten Gotte gegenüber erwacht in ihm der alte Stolz, die selbstbewußte, wenn auch unterliegende Kraft. Mißtrauisch glaubt er in dem Meergott nur einen gleichgiltigen, müßigen Beschauer seiner Qualen zu sehen, und verschmäht jede Fürbitte beim Zeus, die er ihm anbietet, bis sich beide fast im Zorn wieder von einander trennen, und Okeanos den Prometheus als einen unverbesserlichen, trotzigen Frevler verläßt.

Nun versinkt Prometheus in Träume, in denen er seinen Schmerz verbeißt und sein Leid in sich frißt; aus seinen brütenden Gedanken weckt ihn erst der theilnehmende Gesang der Mädchen, die ihm unter Thränen milde Trostesworte spenden und jedem Gefühle ihres weichen Herzens Ausdruck leihen. Da kann auch

Prometheus sich nicht mehr halten; er will sie, die einzig wahr mit ihm leiden, nicht durch neue Worte über das Unrecht und den Undank der neuen Götter erzürnen, nein, ganz will er sie für sich gewinnen. Drum erzählt er ihnen, was er alles für die armen Sterblichen gethan. Der Chor wird gerührt und bemitleidet den Prometheus von neuem. Als er dann aber fortfährt zu erzählen, wie er die Menschen zuerst die Heilkunde und alle Arten der Wahrsagekunst gelehrt, wie er sie angeleitet habe, den Göttern zu opfern und ihren Willen zu erforschen, ja wie er ihnen auch den Schoß der Erde geöffnet und damit alle Gold- und Silberschätze gegeben habe, da begreifen die Jungfrauen, daß der Unglückliche in seiner Menschenliebe zu weit gegangen und mahnen ihn, für sich selbst zu sorgen; nur so würde er seiner Fesseln frei und einst nicht minder gewaltig als Zeus selbst herrschen. Doch statt, daß Prometheus durch diese Mahnung beruhigt wird, erwacht nur in ihm mit der Erinnerung an seine Kraft das Selbstgefühl noch mehr. Er deutet ein Geheimniß an, das er besitzt: „Die Nothwendigkeit, die von den drei Parzen und dem eingedenken Chor der Furien regiert wird, bestimmt jedem sein Loos, und diesem wird auch Zeus nicht entgehen. Die frommen Mädchen aber, die nur einen Blick in das Leben der Götter und Menschen gethan und treu-gehorsam stets des Zeus Obgewalt geehrt haben, erblicken in des Prometheus' Worten nur frevelhaften Uebermuth und unheiligen Sinn. So fingen sie betend, sühnend, trauernd, mahnend und strafend das schöne Lied:

„Nimmer möge Zeus, der Allbeherrscher, an meinem Sinne seine Kraft erproben — Noch möge ich selbst je lässig sein mit heiligen Opfern den Göttern zu nahen, fromm an des Vaters Okeanos rastlosem Strom; Nimmer mir frevle der Mund, das sei fest mir und schwinde nun und nimmer! — Selig das Loos, wenn ich still — Dürfte fernhin leben der freudigen Hoffnung,

Mein Gemüth zu weiden in sonniger Luft; Doch faßt mich ein Grauen, wie ich Dich so in unaussprechlichen Qualen erdrückt muß dulden sehen, Weil du nach eignem Rath, sonder Furcht vor Zeus die Menschen zu hoch ehrst, o Prometheus! — Wie von Lieb verlassen ist deine Liebe? Sprich, wo findest Du Rettung? Bei den Kindern der Erde? Du sahest damals nicht die verkümmerte, blöde Ohnmacht, die über der Sterblichen blindes Geschlecht wie ein Netz geworfen! Niemals wird von menschlicher Kraft Zeus ewigem Rathschluß vorgegriffen! — Das erkenn' ich in deiner unendlichen Schmerzenslast, Prometheus! Wie so anders erschallt jetzt dies mein Lied, als jenes, das herüber von Eurer Hochzeit klang, da Du in lachender Lust, im bräutlichen lichten Schmuck freudig die Freudige heimführtest, Hesione, unsere Schwester!" —

Die Handlung ist hiermit auf die höchste Spitze geführt, und spannend erwartet der Hörer eine Lösung. Sollen die Jung= frauen, die Einzigen, bei denen Prometheus wahres Mitleid gefunden, und denen sich sein Herz trotz alles Stolzes offen erschlossen hat, gehen und den Unglücklichen allein lassen? Das können sie nicht. Und doch dürfen sie, die Frommen, die des Zeus' Willen und Befehle so heilig halten, bei dem übermüthigen Frevler nicht aus= harren. Soll Prometheus auf ihren Gesang etwas erwidern und sich zu rechtfertigen versuchen? Das kann er nicht, da die Okeaniden schon jetzt in seine Worte Mißtrauen setzen, und er sie nur noch mehr erbittern würde. Und doch muß er sie zurückbehalten: er bedarf der Theilnahme, wie stolz auch sein Herz ist und sich selbst alles, Trost und Rath und Hülfe, sein möchte. Stolz und Demuth, göttliche Kraft und menschliches Bedürfen wechseln jetzt mächtig und stürmend in seiner Brust. O möchte doch ein gütiges Geschick diese Zweifel lösen und durch die That den

Meermädchen zeigen, daß sie keinem Unwürdigen ihr Mitleid geschenkt haben.

Kaum ist der Gesang verklungen, kaum kann der Zuschauer diese Betrachtung anstellen, so stürmt unerwartet in wilder Hast eine schöne, aber wunderlich entstellte Jungfrau auf die Scene. Es ist die in eine Kuh verwandelte Jo, die Tochter des argivischen Königs Inachos. Zeus war von ihrer Schönheit geblendet und verfolgte die Widerstrebende mit seiner Liebe, bis die Unglückliche durch die eifersüchtige Here in eine Kuh verwandelt, und ihr der tausendäugige Argos als Wächter beigegeben wurde. Den hatte nun zwar Zeus durch seinen Diener Hermes tödten lassen, aber Jo selbst wurde in wildem Wahnsinn durch Länder und Meere getrieben und konnte keine Ruhe finden. Auf ihren Irrfahrten kommt sie eben jetzt in die unwirthliche Einöde des Kaukasos; als sie dort den gefesselten Prometheus erblickt, vermag sie in ihrem Erstaunen nur auszurufen: „Wo bin ich? wo bin ich? und wer bist Du, der in Felsenfesseln vom Sturm der Qual Umbrauste?" Da packt sie wieder der wilde Wahnsinn, in dem sie die entsetzlichsten Bilder und ihren furchtbaren Wächter sieht, und betend und fluchend fleht sie: „Was habe ich gethan, o Zeus, daß Du so fürchterlich mich quälst? O laß mich vom Feuer verzehrt werden, laß die Erde mich verschlingen, gieb mich den Ungethümen des Meeres zum Fraß; nur laß mich nicht leben! Erhöre mich!" —

Tief ergriffen hat der Chor der Okeaniden ihr zugehört und erfährt vom Prometheus ihren Namen und ihr Schicksal. Jo wundert sich über diese Kenntniß, und wenn sie auch aus Schamgefühl die Liebe des Zeus nicht erwähnt, so gesteht sie doch zu, daß Here's Groll sie so unendlich quäle, und ihr Gatte dies Unrecht geschehen lasse. Den Prometheus aber bittet sie, sich ihr zu offenbaren, ihr ein Heilmittel gegen ihr Leid zu sagen und ihr zu künden, welch' neue Qualen sie noch erwarten. Da muß Prometheus ihr gestehen, daß auch er auf Zeus' Befehl so schmählich gefesselt und gepeinigt wird, weigert ihr aber, um bei den Jungfrauen nicht von neuem anzustoßen, und weil er erst eben seine ganze Leidensgeschichte erzählt hat, diese zu wiederholen. Auch will er, obgleich er die Zukunft klar vorhersieht, der unglücklichen Io, um ihr zerschlagenes Herz nicht noch mehr zu ängstigen, nicht sagen, welch' lange Irrfahrten ihr noch bevorstehen; doch da sie immer auf's neue in ihn drängt, erklärt er sich endlich bereit.

Das Herz der Okeaniden ist unterdessen wahrhaft auf die Folter gespannt: sie sehen das Unglücksweib vor sich und können nicht begreifen, was die zarte, schöne Jungfrau so Schlimmes verbrochen, daß sie so leiden muß. Sprach Prometheus wahr, und ist wirklich Zeus auch ihr Verderber? So vereinigt denn Prometheus mit ihrer Bitte die seine und fordert die Io auf, in dem Erzählen ihrer Geschichte und in den Thränen der theilnehmenden Mädchen selbst Trost und Vergessen ihres Leids zu suchen.

Nun beginnt Io, die Welterfahrene, welche die Lust und mehr noch das Leid der Liebe gekostet, die Bilder der Erinnerung aufzurollen, wie Zeus sie liebgewonnen und in nächtlichen Traumgestalten mit leisen, lockenden Worten sich in ihr Herz gestohlen. „O Kind, habe er zu ihr gesprochen, weise des höchsten Herrschers aller Menschen und Götter Liebe nicht zurück; hinaus komm' in die tiefe, stille Wiesenau, dorthin, wo des Vaters Heerden weiden, daß von seiner Sehnsucht des Gottes Auge ruhen mag." Der ganze Bericht der Io wirkt furchtbar ergreifend auf das unbefangene, fromme Gemüth der Okeaniden. „Wehe, wehe, rufen sie aus, entsetzlich! Hätte ich doch nimmer geglaubt, daß solche meinen Gedanken fremde Reden noch in mein Ohr dringen würden. Meine Seele wird kalt; — o Schicksal, Schicksal, ich schaudre tief zusammen beim Anblick des Looses der Jo!

Sehr ruhig erwiedert Prometheus: Du klagst zu früh, spare Deine Angst, bis Du das Weitere erst vernommen, und da die Mädchen, die sich kaum ein größeres Unglück denken können, ihn bitten, weiter zu berichten, da auch dem Unglücklichen es süß sei sein Leid vorher zu wissen, so fängt er zu ihr gewendet an, den ersten Theil der abenteuerlichen Irrfahrt zu schildern, die ihr noch bevorsteht; an die staunenden Mädchen aber richtet er dann die Frage: „Scheint euch nun der König der Götter ein Gewalt-herrscher zu sein?"

Jo kann nur in lautes Klagen ausbrechen: „Ist mir das Leben noch Gewinn? Warum stürze ich mich nicht auf der Stelle vom steilsten Felsen und mache ein Ende meiner Qual? Sterben ist ja besser als täglich neues Leid." Doch Prometheus tröstet sie mit seiner Lage, ihm ist ja nicht einmal der Tod als Erlösung vergönnt. „Sieh, sagt er, ich habe kein anderes Ziel meiner Qual, als des Zeus Sturz von seinem Throne." Und so ist er wieder bei dem Geheimniß angelangt, das schon vorher die Okeaniden so sehr zu wissen begehrten, das er aber tief in seiner Brust verschließen zu müssen erklärt. Bis zur geeigneten Zeit. Dies Geheimniß ist sein einziger Trost; davon spricht er drum auch am liebsten und sei es auch nur in selbst geheimniß-vollen Worten, ist es doch das, was ihm seine Kraft und ge-wissermaßen seine Ueberlegenheit sogar über den König der Uranionen fühlen läßt. „Zeus, so fährt er fort, wird sich selbst stürzen durch planlose Rathschläge. Er wird eine Hochzeit schließen, die er noch verwünschen soll, denn der Gattin Kind wird mächtiger sein als der Vater." Auf die Frage der Jo, ob denn Zeus diesem Unglück nicht zu entgehen vermöge, entgegnet Prometheus: „Nimmer wird er ihm entrinnen, nie eher als bis ich aus diesen Fesseln gelöst bin. Hierzu muß aber ein Sproß von Dir erscheinen; er wird in Deinem Geschlecht der dreizehnte sein." Die Neugier der Jo wird durch dies Orakel sehr erregt; Prometheus läßt ihr aber nur die Wahl, ob sie ein Mehreres von diesem ihren späten Nachkommen oder das Ende ihrer Irrfahrt zu hören wünsche; läßt sich aber doch schließlich durch die Bitte der scheinbar nun ganz wiedergewonnenen Okeaniden bestimmen, beides zu berichten. Jo aber wird darauf von wildem Wahnsinn ergriffen und stürmt unter lautem Wehgeschrei von bannen.

Abermals sind Prometheus und die Jungfrauen allein. Der Titan schweigt im Gefühl seines Triumphes. Aber so sehr auch die Okeariden das Geschick der schuldlosen Jo ergriffen und so gern sie dem Dulder ein Wort der erneuerten Theilnahme und der Billigung seines Zorns gegen Zeus sagen möchten, so wagen sie doch nicht den Lenker Himmels und der Erde offen eines Unrechts zu zeihen. Der Gesang, den sie anstimmen, endet: „Doch wie des Zeus Rathschlägen ich zu entrinnen vermag, kann ich nicht fassen."

Da kann Prometheus nicht länger an sich halten; endlich müssen doch die Mädchen vollkommen von seiner Unschuld und dem Frevel der Götter überzeugt sein; nur die Furcht kann sie hindern, sich offen zu erklären. Drum will er auch diese letzte Furcht noch bannen und betont immer von neuem, wie auch Zeus einst von seinem Throne gestürzt werden wird, und wie nur er ihn retten könne.

„Du prophezeist und schmähst den Zeus aus Uebermuth —
Ich rede, was da wird geschehen, und ich wünsch es auch —
Und herrschen soll ein andrer jemals über Zeus? —
Noch Härteres wird als dieses ihm zu dulden sein —
Und ohne Furcht wagst Du zu sprechen solches Wort? —

Was soll ich fürchten, ein Unsterblicher wie? —
Noch härtere Qual als diese schafft vielleicht er Dir —
Er mög es thun: auf alles bin ich jetzt gefaßt.

Aber auch jetzt vermögen die Okeaniden Furcht vor dem Götterkönige nicht zu überwinden; sie ahnen einen noch heftigeren und furchtbareren Kampf, der zwischen beiden ausbrechen wird, und können nicht entscheiden, auf welche Seite sich das Recht neigt. Aus dieser Stimmung heraus sprechen sie das fromme Wort: Der Weise beugt sich vor der Abrasteia Macht d. h. vor der Macht der unentrinnbaren Nemesis, der Göttin, die alle Thaten mit Glück lohnt oder mit Unglück straft.

Des tief gekränkten Prometheus Zorn wallt aber jetzt auch gegen die Jungfrauen auf, und bitter erwidert er ihrem weisen Spruche die Worte:

„So bete denn und frömmle; kniee stets vor dem,
Des die Gewalt ist; mir gilt Zeus so viel als nichts.
Er walte, schaffe, herrsche diese kurze Zeit
Nach seiner Lust; sein Regiment ist bald am Ziel.

Einen weiteren Ausbruch der Gefühle hemmt das plötzliche Erscheinen des Götterboten Hermes. Damit beginnt der letzte Act des erschütternden Trauerspiels:

Zeus, der die Reden des Prometheus gehört, hat den Himmelsboten entsandt, um über jene räthselhafte Hochzeit, die Prometheus andeutete, Näheres zu erkunden. Der Bote tritt ganz mit dem kecken Stolze, dem Uebermuthe eines Dieners auf, der durch die Bedeutsamkeit seines Herrn gewöhnt, eigne Huldigungen zu empfangen, diese von jedem erwartet. Mit Hohn und Schimpf den Prometheus anredend, verlangt er, augenblicklich und unumwunden solle der Titan, um ihm nicht doppelte Mühe des Wegs zu verursachen, erklären, durch welchen Ehebund sich Zeus einst den Untergang bereiten werde. Gerade so prahlerisch und selbstvertrauend, erwiedert Prometheus, redest Du, wie man von einem Diener der Götter erwarten darf. Auch sie, die neuen Regenten, herrschen ja so unverständig, als sollte ihrem Himmelsschlosse nie Trauer und Leid nahen. Und doch habe ich schon 2 Herrscher von diesem Throne stürzen sehen; den dritten schnellsten und schimpflichsten Fall werde ich auch bald erleben. Du aber gehe nur denselben Weg heim, den Du gekommen bist; der Götter acht' ich nicht, und erfahren wirst Du von mir auch keinen Deut."

Auf solchen Ton war doch Hermes, der bis jetzt nie einen Widerspruch gegen Zeus' Befehle weder von einem Gotte noch von einem Sterblichen erfahren hatte, nicht gefaßt, vielmehr hatte er den Gefesselten ganz gebeugt und zu all und jedem bereit zu finden geglaubt. Was nun beginnen? Zeus will unter allen Umständen jenes Geheimniß erfahren. Hermes geht drum aus der Rolle des übermüthigen Dieners in die des geschmeidigen Hofmanns über. Er erinnert den Prometheus sanft, wie gerade solcher Uebermuth, wie er ihn eben gezeigt, ihm diese jammervolle Lage verschafft habe. Mit des Hermes Herablassung wächst aber nur das Selbstgefühl des Titanen: „Wisse, spricht er, all' mein Leid möcht' ich gegen Dein Dieneramt nicht vertauschen; lieber dem Felsen hier will ich dienen als des Zeus getreuer Bote sein. So übermüthig muß man die Uebermüthigen behandeln. Und kurz, ich sag' es rund heraus: die Götter alle trifft mein Haß, die schändlich mir für Wohlthat Böses thun."

Hermes sieht ein, daß er mit seiner Milde ebenso wenig wie mit seiner Härte ausrichtet, drum giebt er dem Gespräche eine neue Wendung. Er meint, Prometheus sei körperlich wie gemüthlich krank; er müsse vor Allem noch Mäßigung lernen. Doch Prometheus: „hätt' ich zu mäßigen mich noch nicht gelernt, wie spräch' ich wohl mit Dir, dem Knecht?" Ja als Hermes ihm vorwirft, daß er ihn wie ein unmündig Kind verhöhne, bricht

der Titan ungestüm, als wolle er dem Boten den Mund ver=
siegeln, in die Worte aus: „Nicht für ein Kind, um vieles un=
verständiger noch muß ich Dich halten, wenn Du mich auszu=
forschen denkst. Nein, keine Marter giebt es, keine Kunst, womit
mich Zeus bewegen wird, ihm dieses kund zu thun, bevor er mich
von dieser Fesseln Schmach erlöst. Drum mag er schleudern
seines feurigen Blitzes Strahl, in weißen Schneesturms-Unge=
wittern, im Donnerhall der unterird'schen Tiefe verwirrend mischen
das All. Nichts dessen wird mich beugen, je zu sagen ihm, durch
wen ihm seines Königthums Verlust droht. Nichts nützt der
Wortschwall; tauben Ohren predigst Du. Dies laß Dir nimmer
träumen, daß ich mich vor Zeus' Beschlüssen bang in heiliger
Furcht erniedrige, daß ich ihn anflehen sollte, den Verhaßtesten,
die Hände weibisch zum Gebete emporgestreckt, aus diesen Banden
mich zu lösen. Nimmermehr!"

Jetzt hat Hermes alles versucht; umsonst! Nun darf er
keinen Anstand nehmen, den letzten Theil seines Auftrags, der
für den Fall des Mißlingens bestimmt war, auszuführen. Er
verkündet also mit allem Scheine kalter Ruhe dem Prometheus
die noch furchtbarere Strafe, die ihm bevorsteht: „Mit Blitz und
Donner wird der himmlische König, dessen Du spottest, den
Felsen, an den du gefesselt bist, spalten und dich in die unend=
lichsten Tiefen schleudern. Hier wirst Du, vom Dunkel umgeben,
eine lange Zeit verborgen liegen. Dann wirst Du wieder an's
Licht steigen, und ein gefräßiger, stets hungriger Adler wird das
Fleisch deines Leibes in Stücke reißen, jeden Tag auch ungeladen
kommend und an Deinem Leben zehrend. Solche Qualen mußt
Du aber so lange erdulden, bis ein Gott für Dich büßen und
statt Deiner in den Tartaros steigen will. Glaube mir aber
nur: dies ist keine Dichtung und Prahlerei; des Zeus Mund
pflegt nichts Eiteles zu reden. Ueberlege und bedenke: einst

möchteſt Du wohl nicht Deine Selbſtüberhebung für beſſer als guten Rath halten.“

Der Chor der Meermädchen, der bei der Schilderung ſolcher Qualen erſchrickt, ermahnt den Prometheus, den Worten des Hermes Gehör zu ſchenken und einen guten Rath nimmer zu verachten. „Folg ihm; dem Weiſen bringt es Schande, wenn er fehlt.“ Wenn aber je, ſo iſt Prometheus jetzt feſt entſchloſſen, alles über ſich ergehen zu laſſen. Im höchſten Stolze entgegnet er: „So werde denn nun auch auf mich geſchleudert des ſchnei= denden Blitzſtrahls Flamme, die Luft Vom Donnergekrach durch= toſt und der Macht wildzuckender Blitze, und die Tiefen der Erde Vom Grund aufwühlend der Sturm Und der Bran= dungsſchwall der wogenden See, Er thürme ſich hoch zu der himm= liſchen Bahn der Geſtirne Hinauf: und zum finſtern Schlunde des Tartaros werd’ hinunter mein Leib Vom Strudel gerafft der Schickſalsmacht; Niemals doch kann er mich tödten!“

Erbeben wir nicht, wenn wir dieſe Worte hören? Der Chor thut es; doch Hermes ergreift ein anderes Gefühl. Seine Stimmung wird Wuth und ſteigert ſich bis zur Raſerei, da ihm, dem Gotte, alle Pläne geſcheitert ſind, da er, der Diener, die Befehle ſeines Herrn nicht hat erfüllen können. Nun fordert er noch die Okeaniden auf, vor dem Ausbruch des vernichtenden Unwetters ſich zu entfernen. Doch ſie vergeſſen ihres Geſchlechts, ihrer Schwäche; jetzt in der höchſten Noth empfinden ſie auch mit Prometheus das höchſte, das einzige Mitleid. „Wie kannſt Du zu unedler That, entgegnen ſie dem Hermes, uns auffordern? Mit ihm, mit ihm will ich dulden, was da kommt. Den Ver= räther lernt ich haſſen, und Verrath heißt die Peſt, welche vor allen ich verabſcheue.“

Prometheus, der aus dem Himmel Geſtoßene, der von den Göttern Geflohene darf ſich rühmen einen treuen Zeugen ſeines

Unglücks gefunden zu haben, welcher selbst nicht Anstand nimmt an seinem Untergange theilzunehmen. Doch Prometheus triumphirt; Zeus muß siegen und siegt auch. Noch einen Augenblick schwebt der gezückte Blitz, schweigt der hallende Donner; da vernehmen wir aus des Prometheus Munde selbst, wie der Boden schwankt, die Blitze zucken, die Donner rollen, und im wilden Aufruhr aller Elemente Himmel und Erde bei seinem Sturze erbeben. Aber sein Mund wird noch nicht geschlossen; laut ruft er aus: „O Mutter Erde, du heilige; o Aether, des alldurchdringenden Lichtes Born, o seht, welch' bitter Unrecht ich erdulde!"

———

Das ist in kurzer Skizze der Inhalt der uns noch ganz erhaltenen Tragödie der Aeschyleischen Trilogie. Im Augenblicke freilich, wo wir diese lebensvollen Gestalten des Dichters vor unseren Augen handeln sehen, liegt uns ja der Gedanke fern, seine Personen zu abstracten Begriffen abklären zu wollen, so fern, daß wir ganz in Anhören und Anschaun versunken sind. Doch mit Recht bemerkt Droysen zu seiner Uebersetzung unserer Tragödie: „Wir müssen und dürfen von der Bedeutung jener Sage und ihrer Personen sprechen, da die erste Regung des Bewußtseins in jedem Volke als ein Factum sich gestaltet, das von Geschlecht zu Geschlecht überliefert dem gläubigen Gemüth die geheimnißvollen Anfänge alles geistigen Lebens offenbart. Jeder der heiligen Namen weckt ein bestimmtes Bild, bestimmte Gefühle und eine Erkenntniß, die unmittelbarer und darum mächtiger wirkt als die Metaphysik ihres Zusammenhangs. Erst wenn wir uns in diesen Kreis unmittelbarer Anschauungen hineinzudenken vermögen, werden wir das Werk des Dichters nachempfinden können."

Die Deutungen aber der Sage sind um so verschiedener, je

fühlbarer und auffallender einem jeden auf den ersten Blick der Contrast zu sein scheint, in dem der Dichter sich zu der Religion seines Volkes zeigt, oder aber die große Verkehrtheit, die in dieser Religion selbst liegt. Jedem scheint Prometheus das allerschreiendste Unrecht zu erdulden. Auf seiner Seite erblicken wir alles, was schön, edel und groß, unserer Liebe und Bewunderung werth ist, auf der des Gegners nur blinden Neid, kleinliche Herrschsucht, despotischen Eigensinn, eigensinnige Schwäche und schwache Undankbarkeit, die sich bis zur Grausamkeit steigert. Und so schildert, fragen wir, Aeschylos den König der Götter? Man hat behaupten wollen, der Dichter habe absichtlich durch diese Tragödie der Religion seines Volkes opponiren und wie spätere Philosophen den alten Glauben an die Götter erschüttern wollen. Doch man bedenkt nicht, daß die Zeiten damals noch nicht da waren, als Aeschylos dichtete, und vergißt, welch' frommer Dichter der Landsmann von Eleusis war. Gottesfurcht war der Odem seines Lebens; Zeus ihm der, welcher alles Göttliche in sich vereint und der tiefsten Ehrfurcht und Anbetung der Menschen werth ist. Von ihm singt er:

> „Zeus, Herr und Gott! Dein Wesen zu erkennen
> Ist unser Geist zu schwach!
> Laß unsere Lippen also Dich benennen,
> Wie's Dir geziemen mag!
> Wohin auch unsere Augen blicken,
> Wohin wir die Gedanken schicken,
> Wir finden Deinesgleichen nicht.
> Bei Dir allein, wenn unf're Herzen
> Erliegen unter Sorg und Schmerzen,
> Steht unserer Hoffnung Zuversicht."

Und an einer anderen Stelle betet er:

> „Du Herr der Herrn, Seligster Du der Seligen, Aller Ge-

walt Gewaltigſter, Zeus in dem Himmel droben, hör uns, o erhör' uns gnädig."

Aus demſelben Grunde iſt auch eine zweite Deutung zu verwerfen, die man dem Aeſchylos untergelegt hat. Man ſagt, er habe in ſeiner Tragödie nicht eine religiöſe, ſondern nur eine ſittliche Tendenz verfolgen wollen: er habe uns in Prometheus das edle Beiſpiel männlicher Standhaftigkeit im Erdulden eines unverſchuldeten, durch tyranniſche Willkür auferlegten Leidens hingeſtellt. Oder man geht noch einen Schritt weiter und behauptet: der Zweck des Aeſchyleiſchen Dramas iſt das Streben des Menſchengeiſtes darzuſtellen, der ſich ſeines eigenen Willens bewußt geworden iſt, ſich ſelbſt fühlt und über die Schranken des Endlichen und der Abhängigkeit von einem höheren Willen hinausgreift, der im Bewußtſein ſeiner Freiheit den Muth faßt, ſich Gott gleichzuſtellen, mit ihm zu rechten, ja ſich gegen ihn zu empören.

So vergleicht man denn den Prometheus mit dem bibliſchen Hiob, mit Siſyphos oder dem Goethe'ſchen Fauſt. Das war wohl unſerem Goethe erlaubt, der die Geſtalten des Mythos zu Symbolen eines durchaus modernen Bewußtſeins gemacht und in allegoriſcher Weiſe mit fremdartigen Mythen verknüpft hat. Doch zur Ausführung ſolcher Ideen hätte nie ein tragiſcher Dichter der Hellenen wagen dürfen, den Zeus zu verwenden, und am allerwenigſten hätte es der fromme Aeſchylos gethan.

Wir müſſen, um dies zurückzuweiſen, vor allem bedenken, daß, wie die Religion der Griechen eine Kunſtreligion, ſo alle ihre Kunſt nur religiöſe Kunſt war, d. h. ſie war die Vermittlerin, durch welche die Religion im Volke belebt wurde und auf Gemüth und Geſinnung deſſelben einwirkte. Und gerade Aeſchylos war, wie jeder ächt tragiſche Dichter, ein Lehrer und Prieſter des Volks; in der Zeit des beginnenden Zweifels ſuchte er gerade die väterliche Religion, die das Volk so lange glücklich und stark gemacht, zu stützen und die Widersprüche zwischen göttlichem und menschlichem Gesetz aufzuklären. Konnte doch auch bei den Hellenen kein Dichter Geltung gewinnen, der sich etwa blos durch Talent, Phantasie und Kunstfertigkeit zur Poesie berufen fühlte; es bedurfte vielmehr neben einer inneren Durchbildung von Herz und Verstand einer tiefen und umfassenden Kenntniß aller geschichtlichen und religiösen Ueberlieferung, einer klaren Einsicht in göttliche und menschliche Dinge.

Wir müssen uns also nach einer anderen Deutung umsehen. Da ist vor allem zu berücksichtigen, daß der Prometheus, wie wir ihn eben kennen gelernt haben, nur ein Bruchstück ist. Wir verlassen Prometheus, auf den höchsten Gipfel des Zwiespalts mit Zeus angelangt, und wissen nicht, ob und wie die Prophezeiungen einer Erlösung in Erfüllung gehen werden. Diese Erlösung oder vielmehr Versöhnung des Prometheus mit Zeus muß der Dichter noch dargestellt haben: es geschah im sog. gelösten Prometheus. Und zwar mußte darin eine ganze, volle und wirkliche Versöhnung gegeben sein, d. h. eine solche, welche aus der Anerkennung der Wahrheit und des Rechtes hervorgeht, wodurch die frühere Entzweiung in ihrem Grunde, der Verkennung des Wahren und Rechten, aufgehoben und Freundschaft an die Stelle der Feindschaft gesetzt wird. Denn Gegner versöhnen sich nur dann wahrhaft, wenn sie keinen Groll in der Seele mehr hegen und einsehen, daß der Haber, mit dem sie sich anfeindeten, eine Verirrung, ein Unrecht war.

Der Götterstreit und seine Lösung ist als die eigentliche Aufgabe für die Composition unseres Dichters zu betrachten. Der Sage von der successiven Entstehung der Weltordnung, die wir vorhin andeuteten, liegt aber eine Idee zu Grunde, die sich als eine religiöse auf das Verhältniß des Menschen zu einer höheren Welt bezieht, und da der mit Zeus kämpfende Prometheus der Wohlthäter des Menschengeschlechts ist, da er um der Menschen willen streitet und leidet, wird diese Beziehung nur um so enger. Indem nun Aeschylos die Idee des Mythos in seinem Bewußtsein fortbildend ausprägte, konnte es seine Absicht nicht sein, die Nichtigkeit des auf sich selbst gestützten Menschengeschlechts nachzuweisen, eben so wenig aber die Gottheit dem Menschengeiste gegenüber herabzusetzen. Beides mußte vielmehr vermittelt werden: ein Zwiespalt ist durch Schuld beider Parteien, der Götter und der Menschen, gegeben, und die Lösung dieses Zwiespalts ist eben der Inhalt des gelösten Prometheus.

Das frühere Leben der Menschen war ein niederes, thierisches Dasein, ohne Intelligenz und Sittlichkeit, weder von höheren Wesen noch von eigener Einsicht geleitet, nur vom dumpfen, bewußtlosen Triebe beherrscht. Dies Geschlecht will Zeus vernichten; Prometheus rettet es. Er ist aber nicht zufrieden damit, es nur gerettet zu haben; er geht in seinem Widerstande gegen Zeus weiter. Seine Menschenliebe bleibt nicht die rechte und maßvolle; sie wird zu einer einseitigen Begünstigung und Beförderung dessen, was das weniger Edle im Menschen ist oder, wie wir es auch ausdrücken können, des blos Irdischen, des der Gottheit nicht befreundeten, nicht durch Frömmigkeit und Liebe an sie geknüpften Menschen. Allerlei vortreffliche Gaben hatte Prometheus den Menschen gegeben; aber es fehlte das Sittliche, und dies Sittliche ist eben ein Werk der Götter, das Prometheus nicht verleihen konnte. Der prometheische Mensch ist der Gottheit entfremdet, und so ist Prometheus selbst ein Bild der von ihm gebildeten Menschen: in Kampf und Noth ausharrend, im Selbstbewußtsein stolz, in erfinderischem Denken unermüdlich, rastlos vorwärtsstrebend; aber auch zu Unbesonnenheit und dünkelhafter Ueberhebung geneigt; und es taugt doch nur einzig die

Weisheit, die vom Zeus stammt, nur die Klugheit, die auf Sitt-lichkeit beruht.

Auf der anderen Seite besitzt doch aber der Mensch die höchsten Geistesgaben und Anlagen zu allem Hohen und Schönen; er besitzt auch das, was außer dem Gefühle der Gottheit das Tiefste in ihm ist, freien Willen und Rechtsgefühl. Die Natur aber der menschlichen Freiheit aller, Vernunft und Gerechtigkeit waren der alten Naturreligion und den Titanen ganz fremd, und Zeus erscheint uns eben, nachdem er die Herrschaft gewonnen, noch ganz auf der Stufe der bloßen Naturgottheit, wie die alten Götter, die er vom Throne verdrängt hat; er ist eine Macht, mit der der Mensch, wenn er zum Selbstbewußtsein kommt, noth-wendig in Conflict gerathen muß. Seine Herrschaft ist noch eine vollkommene Tyrannis, in der Niemand frei ist, als er selbst, eine Herrschaft ohne Verantwortlichkeit, nur Allgewalt übend. Prometheus aber ist der Sohn der Themis, der Göttin der Gerechtigkeit, und somit als die Rechtsordnung der Gewalt gegenübergestellt, und diese Rechtsordnung forderte einem Despo-tismus gegenüber, daß nicht nur ungerechte und leiden-schaftliche Handlungen, wie die Fesselung des Prometheus, einzeln oder selten vorkommen, sondern daß überhaupt keine möglich sei oder der Grundsatz des Rechts jeder Ausnahme entgegenstehe.

Dieser Conflict, der in unsere Tragödie sichtbar hervortritt, wird im gelösten Prometheus ausgeglichen. Zeus weiß Heilung für Alles: er lenkt des Menschen Seele zur Besonnenheit und läßt ihm die Leiden zur Lehre werden; er selbst erkennt aber auch, daß Freiheit in die Weltordnung übertragen werden, und daß sein Regiment kein ungerechtes despotisches sein muß. Wollte er länger in seiner despotischen Gewalt trotzen, so erfolgt der von Prometheus prophezeite Sturz. Aber auch Prometheus ist jenes uranfänglichen, von der gesitteten Menschheit überwundenen Haders müde. Er wird befreit durch Herakles, jenen größten Heros der Griechen, jenen Gottmenschen voll großer Thaten und noch größerer Leiden, der frei ist durch seinen drückenden Gehorsam, durch freiwillige Knechtschaft schuldrein. In ihm tritt den Menschen die Anschauung der gottbefreundeten und eben deshalb wahrhaft freien und starken Menschheit vor die Augen; als Göttersohn aber trug er jene Kraft in sich, die zu allem Edlen und Hohen nöthig, da der Mensch ohne göttliche Hilfe nichts vollbringen kann; er ist der 13. Sproß aus dem Geschlechte der Jo. Die Urwelt ist ganz nun abgethan; eine neue Weltordnung tritt ins Leben. Prometheus, der kluge Sohn der gerechten Themis, weilt als Berather im Kreise der Götter ewig dem Zeus zur Seite, und statt des Sohnes, der dem Zeus zum Verderben gewesen, gebirt Thetis den herrlichen Peliden Achilleus, das unsterbliche Vorbild von Hellas.

So der Mythos, wie Droysen seine kurze Betrachtung schließt: seine prophetische Wahrheit reicht weiter, als dem Bewußtsein des Dichters selbst offenbar ist. Solche Prophezeiungen eines Volks bekunden ein Gefühl des inneren Bedürfnisses und Verlangens, das, weil es da ist, befriedigt werden muß. Und als das hellenische Leben sich allsiegend und freudetaumelnd über die Länder des Orients ausgebreitet, sich mit der Weisheit Aegyptens und den Wundern Indiens, mit Jehovahdienst und Mitrasmysterien vermischt hatte, als über dem neuen, gährenden Chaos Nacht und Grabesstille angstvoll lagerte, da ging ein heller Stern im Morgenlande auf und leuchtete über der Krippe, und es jauchzten die himmlischen Heerschaaren.

(320)

Druck von Gebr. Unger (Th. Grimm) in Berlin, Schönebergerstraße 17 a.

Deutsche
Zeit- und Streit-Fragen.

Flugschriften zur Kenntniß der Gegenwart.

In Verbindung mit

Prof. Dr. Kluckhohn, Redacteur A. Lammers,
Prof. Dr. J. B. Meyer, und **Prof. Dr. Paul Schmidt**

herausgegeben von

Franz von Holtzendorff.

Jahrgang VIII. 1879. Heft 113—128 umfassend.

Im Abonnement jedes Heft nur 75 Pfennige.

Erschienen sind bereits:

Heft 113. **Schasler,** Ueber materialistische und idealistische Weltanschauung.
„ 114/15. **Oetker,** Ueber Erziehungs-Anstalten für verwahrloste Kinder.
116. **Stürenburg,** Wehrpflicht und Erziehung.
117 **Kayser,** Der Zeugnißzwang im Strafverfahren in geschichtlicher Entwickelung.

Vorbehaltlich etwaiger Abänderungen im Einzelnen werden sodann folgende Beiträge ausgegeben werden:

v. Huber-Liebenau, Ueber den Verfall des Zunftthumes und dessen Ersatz im deutschen Gewerbewesen.
Hart, Die modernen Kritiker und ihre Gebrechen.
Goergens, Der Islam und die moderne Kultur. Ein Beitrag zur Lösung der orientalischen Frage.
Remenyi, Die parlamentarische Rede als literarisches Genre.
Graue, Darwinismus und Sittlichkeit.
Hoenes, Alte und neue Propheten.
Meyer, J. B., Die Simultanschule.
Kleinwächter, Zur Frage des naturwissenschaftlichen Unterrichtes.

Mit diesen beiden Sammelwerken, welche sich gegenseitig ergänzen (denn Vorträge und Abhandlungen, welche von der „Sammlung" ausgeschlossen sind, bilden bei den „Zeitfragen" das Hauptmotiv), dürfte eine bisher tief empfundene Lücke wirklich ausgefüllt werden.